Helmut Zöpfl

Laß Dir Zeit

Helmut Zöpfl

Laß Dir Zeit

Illustrationen von
Ernst Hürlimann

rosenheimer

„Für Frau Maria König"

Inhalt

So geht's doch nicht 7
Zeit 8
Zeit 9
Vom Spiel der Zeit 11
Der kleine König beim Zeitsparer 18
Vom Zeitgeist 23
Zeitgeist 25
Zeitgemäß und unzeitgemäß 26
Zeit zum Wundern 31
Mode 35
Die Zeit vergeht und nichts besteht 39
Am Bach sitzen 41
Zeitreflexionen 47
Grüß Gott, Bruder Tod 49
Wir sitzen im großen Lebensbaum 51
Auch Glück kann weh tun 52
Abschied 56
Vom Geist der Zeit 59
Andrea und die Zeit 60
So kann's gehen 71
Leg dich ins Gras 72
Langeweile 73
Gelassenheit 79
Die Mitte 82
Alles hat seine Zeit 87
Die Wiese 92

So geht's doch nicht!

Zeit

Wenn wir Zeit, statt zu bewahren,
nur versuchen einzusparen
und mit Tausendstelsekunden
glauben, sie zu überrunden,
wenn wir uns nur drauf besinnen,
Zeit durch Tempo zu gewinnen,
sie nur in Termine pressen
und auf Zeitjagd nur noch stressen,
allzeit auf die Uhr nur blicken,
wird es uns bestimmt nicht glücken,
aus der Zeit, die uns gegeben,
etwas machen: nämlich leben.

Zeit

Überlegen wir uns einmal, wie wir heute Zeit schreiben. Z wie Zwang, E wie Eile, aber auch wie Erschöpfung, Egoismus, Einsamkeit, I wie Irrweg, „In"-seinmüssen, Isolation und T wie Tempo, Trubel.

Wäre es nicht sinnvoller, ein bißchen auch Zeit zu haben, über die Zeit nachzudenken, daß Zeit z.B. das kostbarste aller Geschenke ist. Es mag zwar stimmen, daß Zeit da und dort Geld ist, aber dieser Satz gilt sicher nicht in der Umkehrung. Denn mit noch so viel Geld kann man sich keine Zeit zurückkaufen. Je mehr wir davon überzeugt sind, daß Zeit Geld ist, desto mehr verlieren wir Zeit, Zeit, uns darauf zu besinnen, daß man sie auch anders schreiben könnte. Beispielsweise Z wie Zusichkommen, wie Zuversicht, Zukunft und Ziel, E wie Erholung, aber auch wie das, was hinter und vor jeder Zeit steht, Ewigkeit, I wie Innehalten und Innewerden und T wie Träumen. Denken wir einmal darüber nach, woran wir fast instinktiv denken, wenn wir das Wort Zeit hören. Ist es nicht die erste Schreibweise?

Kinder denken etwas anders. Ich will nur ein paar Aussagen von Kindern nennen, die gefragt wurden: Woran denkst du, wenn du das Wort Zeit hörst? „Die Zeit wächst auf dem Baum wie ein Apfel und man kann sie sich pflücken."

„Die Zeit bekommen wir geschenkt wie die Kleider von der Oma." „Zeit, das ist vor einer Tür sitzen und sich freuen bis jemand kommt, den man gern hat."

Zeit ist also auch Wartenkönnen, Erwartung. Sie ist das, was wir aus ihr machen.

Vom Spiel der Zeit

„Geh' mit der Zeit, aber komme von Zeit zu Zeit zurück", sagt Stanislaw Jerzy Lec. Dieses Zurückkommen ist auch ein „Zu uns selber Kommen", daß man sich einfach Zeit läßt oder auch sich aus diesem Vorwärtsdrängen der Zeit ausschaltet. Was gäbe es für einen schöneren Weg, um sich von diesem Zeitenlauf ein wenig zu erholen, als das Spiel. Im Spiel wechselt man seine Welt, es herrschen andere Räume, Regeln und Zeiten. Das sieht man wunderschön beim Spiel mit Kindern, d. h. Kindern, die wirklich spielen, nicht solchen, die irgendwelche Lernspiele geschenkt bekommen haben, damit sie diesen oder jenen Buchstaben lernen, um dann möglichst früh schon das Alphabet zu beherrschen. Wir erinnern uns an unsere Kindheit und wissen, daß wir über dem Spielen ein ums andere Mal die Zeit vergessen haben, bis dann die Mutter aus dem Fenster sah und zurief: „Hast du eigentlich vergessen, wieviel Uhr es schon ist?" Kinder hatten früher viel mehr Zeit und damit auch mehr Zeit zum Spielen. Sie bekamen auch nicht schon so früh wie heute eine Uhr umgebunden. Das geschah meist erst bei der Firmung. Das letzte Mal habe ich mich gefragt, wie ich wohl so lange Zeit ohne Uhr auskommen konnte. Vielleicht war es auch kommunikationsförderlich, daß man hin und wieder einen Erwachsenen fragen mußte: „Entschuldigen's bitt' schön, wie spät ist es denn?" Der Spielende kommt im Spiel auch zu sich selber. Wie sagt doch Schiller: „Der Mensch ist nur eigentlich Mensch, wo er spielt." Im Spiel kann man sich teilweise selber Normen geben oder fügt sich zumindest freiwillig in Spielregeln ein. Auch da sehe ich mit Kummer, daß die Spielkultur immer mehr verlorengeht. Jedes Mal ärgere ich mich im Sommer, wenn ich mit meinen Kindern im Urlaub bin und die Kinder nichts anderes mehr spielen als diese entsetzlichen Mini-Playback-Shows, wo sie allenfalls ein paar Bewegungen irgendeines vermeintlichen Stars nachmachen und zu dem ohrenbetäubenden Geschrei aus dem Lautsprecher den Mund auf- und zumachen wie ein Frosch, der gerade aus dem Wasser gehüpft ist. Bei einem solchen Spiel muß man weder eine Rolle lernen, noch kann man improvisieren. Diese Mini-Playback-Shows reduzieren die Kinder zu hölzernen Marionetten. Aber die Kinder ahmen ja nur das nach, was ihnen die Erwachsenen vormachen. Und ist nicht mancher Politiker auch nur noch ein Playback-Spieler, der einfach die Rede seines Ghostwriters herunterspricht? Da lobe ich mir beispielsweise noch Lesungen der Turmschreiber, die immer noch live dabei sind. Es ist halt doch allemal schöner, beispielsweise den Wolfgang Johannes Bekh, live vor und hinter den Kulissen zu erleben als einen Play-Bekh.

So hinkt heute auch wohl der Vergleich, der in der Literatur immer wieder aufgetaucht ist, daß das Leben ein Spiel ist, ein Spiel, in dem man auch irgendwie „gespielt“ wird, aber selber noch mitspielt, etwas aus seiner Rolle macht, sich mit ihr identifiziert. Gerade im Theater gehen ja Spiel und Leben ineinander über. Eine Illusion wird auf die Bühne gestellt, um dann das Spiel auf der Bühne als bloße Illusion zu entlarven. In dem Stück „Wie es Euch gefällt“ sagt William Shakespeare: „Die ganze Welt ist Bühne und alle Frauen und Männer bloße Spieler. Sie treten auf und gehen wieder ab, sein Leben lang spielt einer manche Rolle durch sieben Akte hin.“ Und in Macbeth heißt es: „Leben ist nur ein wandelndes Schattenbild; ein armer Kommödiant, der spreitzt und knirscht sein Stündchen auf der Bühn und dann nicht mehr, vornommen wird; ein Märchen ist’s, erzählt von einem Dummkopf voller Klang…, das nichts bedeut.“ Wenn sie das Leben nicht mit einem Theater vergleichen, dann vergleichen die Dichter des Barocks es mit einem Traum. Traum und Spiel, Theater und Leben. Hier gehen die Welten ineinander über und der Mensch erlebt sich als dieser Wanderer zwischen den Welten, als Freund des lieben verstorbenen großartigen deutschen Schauspielers, (jawohl, ich sagte bewußt deutscher, denn er war einer der großen deutschen Schauspieler unserer Zeit) Gustl Bayrhammer. Ich habe mich immer wieder gefragt, wenn er bei uns am Stammtisch saß, *spielt er* oder *ist* er das? Es hat bestimmt seine Einmaligkeit ausgemacht, daß er nur das spielte, was er auch war, daß er vor, hinter und in seinen Rollen stand. Dementsprechend hat er sich auch immer zu dem modernen Theater(un)wesen geäußert, das früher vielleicht einmal ein Spiegel des Lebens war, heute lediglich da und dort noch einen „Schlüssellocheinblick" gewährt. Zu Recht sagt Oliver Hassencamp zu manchen modernen Stücken: „Wer ein Theater füllen will, bedient sich der Dramaturgie. Um es zu leeren, genügt Ideologie." Theater muß Spiel bleiben, Spiel des Lebens. Nach Novalis ist es die „tätige Reflexion des Menschen über sich selbst" und nach Max Reinhardt besteht es „nur aus verwirklichten Träumen." Nur wer zu träumen und zu spielen versteht, kann leben. An anderer Stelle hat Max Reinhardt das Theater als den seligsten Schlupfwinkel derjenigen bezeichnet, „die ihre Kindheit heimlich in ihre Tasche gesteckt und sich auf und davon gemacht haben, um bis an ihr Lebensende weiter zu spielen." Wir brauchen diese Schlupfwinkel auch als Erwachsene, diese Ecken und Nischen, in denen wir uns, wie gesagt, ein wenig vom Fluß der Zeit zurückziehen, spielen, feiern, die sein können, die wir wirklich sind. Erich Kästners Ansprache zum Schulbeginn fällt mir ein: „Laßt Euch die Kindheit nicht austreiben! Schaut, die meisten Menschen legen ihre Kindheit ab wie einen alten Hut..., nur wer erwachsen wird und ein Kind bleibt, ist ein Mensch!" Hin und wieder müssen wir uns also aus diesem Lauf der Zeit ausschalten, zurückfinden, wie an einem Bache sitzend, die Füße hineinhängen, und während wir unsere Füße vom Spiel des Wassers umspielen lassen, spielen wir selber mit, schlagen der Zeit ein Schnippchen, indem wir das, was sie sonst mit uns macht, uns zu ihren Spielbällen macht, selber mit ihr spielen. Wir bauen aus unseren Träumen bunte Drachen und lassen sie im Wind der Zeit steigen. Selber wie einst in herbstlichen Stoppelfeldern liegend und ihnen nachschauend. Als Kinder wußten wir immer um das rechte Maß an Schnur, das wir diesem Drachen geben mußten, daß sie uns nicht davonschwebten oder abstürzten. Und so glaube ich, daß wir nur dann in diesem Lebenslauf echte Einlaufchancen haben, wenn wir lernen, bzw. nicht vergessen, mit der Zeit spielerisch umzugehen. So wie es in dem schönen Lied „Nehmt Abschied Brüder..." heißt: „Das Leben ist ein Spiel. Und wer das Recht zu spielen weiß, gelangt ans große Ziel."

Wer festhält die Vergangenheit,
mit einer Hand die ganze Zeit,
mit einer nach der Zukunft hascht,
der sei davon nicht überrascht,
bleibt keine Hand ihm nebenbei
für seine Gegenwart mehr frei.

*

Rechtzeitig heißt: zur rechten Zeit.
Mach nicht das Morgen schon zum Heut'!
Zu kurz kommts Leben beim „zu bald".
Was länger reift, wird später alt.

*

Mit Recht wir alle uns empören,
wenn wir von Raub und Diebstahl hören,
und häufig sehn wir uns gezwungen
zu schützen durch Versicherungen
Geld, Schmuckstücke und Kapital.
Doch selten denken wir dran mal,
das, begrenzt wir nur besitzen,
vor jenen Dieben zu beschützen,
welche tagtäglich nur drauf schauen,
das Beste: unsre Zeit zu klauen.

Wer nur auf die Zukunft schaut
nicht der Gegenwart vertraut,
wer nur hin zum Morgen strebt
und das Leben heut nicht lebt
lebt sein Leben vor allen Dingen,
um es hinter sich zu bringen.

*

Für manchen Menschen hat die Uhr
die einzige Bedeutung nur,
daß sie damit von Zeit zu Zeit
messen ihre Unpünktlichkeit.

Der kleine König beim Zeitsparer

Der nächste Planet war von einem Zeitsparer bewohnt. Der kleine König sah einen Mann, der mit einer großen Uhr in der Hand herumrannte. Was machst du denn da, wollte der kleine König wissen.

Dieser zog ein Büchlein aus der Tasche. Es ist 10.17 Uhr, sagte er, du stehst aber nicht darin.

Was sollte denn drinstehen?

Daß du einen Termin bei mir hast.

Was ist ein Termin?

Du weißt nicht, was ein Termin ist? In welcher Zeit lebst du denn? Termine sind die einzige Möglichkeit, mit der Zeit auszukommen. Wer mit der Zeit gehen will, muß lernen, die Zeit einzuteilen.

Und wozu teilt man die Zeit ein, wollte der kleine König wissen.

Um sie zu sparen natürlich.

Und wie machst du das?

Indem ich mehr Tempo in die Zeit bringe. Man muß lernen, alles schneller zu machen. Unsere Zeit verlangt Schnellebigkeit. Schnellzüge, Schnellstraßen, Schnellrestaurants. Schneller denken, schneller schalten, schneller essen und trinken, schneller schlafen, das ist mein Geheimnis.

Schneller sterben und vergessen sein, dachte sich der kleine König.

Ich habe eine eigene Methodik entwickelt, Zeit zu sparen, fuhr der Zeitsparer fort. Mit der richtigen Rationalisierung geht alles schneller.

Rationalisieren, was ist das, fragte der kleine König.

Man streicht alles Überflüssige weg.

Und was ist überflüssig, wollte der kleine König wissen.

Überflüssig ist all das, was uns viel Zeit kostet. Zeit ist kostbar, Zeit ist Geld.

Wer rationalisiert, gewinnt Zeit und Geld.

Und was macht man mit der gesparten Zeit und dem Geld?

Man kann es verwenden, um noch bessere Methoden des Zeitsparens zu entwickeln.

Wer in der Gegenwart Zeit spart, hat Zeit in der Zukunft.

Und was tust du mit der zukünftigen Zeit, wollte der kleine König wissen.

Da habe ich dann Zeit für die Zeit und kann über sie verfügen.

Wenn die Zeit kommt, in der man könnte, ist aber oft die Zeit vorüber, in der man noch kann.

Der Zeitsparer sah auf eine der vielen Uhren, die überall auf seinem Planeten hingen oder standen. Es ist jetzt 10.27 Uhr und 30 Sekunden, sagte er. Ich habe mit dir jetzt genau 10 Minuten und 20 Sekunden mit diesen dummen Fragen und Antworten vertan. Diese Antwort hat mich schon wieder 11 Sekunden gekostet.

Es ist jetzt 10 Uhr 27 Minuten und 41 Sekunden. Dabei habe ich noch aufgerundet. Normalerweise rechne ich mit Zehntel- und Hundertstelsekunden.

Du versuchst also mit Tempo die Zeit zu überholen. Tempo ist außer Atem gekommene Zeit. Ohne Atmen ist aber kein Leben möglich. Nicht die Zeit stiehlt uns das Leben, sondern das Tempo.

Paperlapap, sagte der Zeitsparer schroff. Zeit ist Leben und gesparte Zeit ist gespartes Leben.

Aber du hast doch nie Zeit, also lebst du auch nicht.

Wenn es nicht so viel Zeit in Anspruch nähme, müßte ich jetzt lachen. Solange ich sehe, daß meine Uhren gehen, lebe ich.

Deine Uhren mögen richtig gehen, aber du gehst falsch. Wer nie Zeit hat, vergeudet das Kostbarste, was er hat, sein Leben.

Ich sagte dir doch schon, daß das Kostbarste die Zeit ist, entgegnete der Zeitsparer.

Du magst recht haben, wir haben die Zeit als Geschenk bekommen, aber nicht die Hast. Wer nur auf die Uhr schaut, sieht nie den Sinn der Zeit.

Sinn der Zeit? Unsinn. Der Sinn der Zeit ist, mit der Zeit zu gehen.

Fragt sich nur mit welcher, sagte der kleine König. Aber ich glaube, es ist wirklich Zeit zu gehen und er machte sich wieder auf die Reise.

Wer auf dem Lebenslauf läuft nur
stets auf der Überholungsspur
mit einem Ziele ganz allein,
im Leben Erster nur zu sein,
erfährt am Ziel den Lebenslohn:
Er lief dem Leben meist davon.

*

Mein Herz, das hängt am Auto dran,
gleich, wenn ich heimkomm, fang ich an.
Ich säubre es vom kleinsten Schmutz,
ich pfleg es, heg es, putze, putz.
Erst spät am Abend mach ich Schluß.
Es springt wie keins an, auf der Stell,
und bringt mich an mein Ziel ganz schnell.
Ein so gepflegtes Auto spart
mir viel Zeit auf diese Art.
Die so gesparte Zeit, die nutz
ich dann sogleich zum Autoputz.

Vom Zeitgeist

Wir starrn auf den Zeitgeist
und geistern ihm nach.
Wir sind ‚up to date'
doch nicht wir.
Sind wachsam, was „in" ist
und sind doch nicht wach,
und können für nichts was dafür.
Wir werden gelebt,
gespielt und geträumt
und fragen uns nicht nach dem Zweck.
Wir haben verspielt,
wir haben versäumt,
denn wir leben das Leben „play back".

*

Viel besser als zu allen Tagen
übern Zug der Zeit zu klagen
ists, Zeit-Geist selber zu bezeigen
und auf den Zug der Zeit zu steigen.

Zeitgeist

Ich kenne eine ganze Reihe von Menschen, die entschieden zurückweisen würden, daß sie an Geister glauben, und trotzdem berufen sie sich allenthalben auf so ein mysteriöses Gebilde. Dieser Geist wird häufig dann beschworen, wenn es gilt, eigene Fehler zu entschuldigen und zu beschönigen. Was ist diese ganz merkwürdige Erscheinung, die man für alles mögliche Vergangene, Gegenwärtige und Zukünftige verantwortlich machen kann und die oft eine so bequeme Ausrede liefert? Es ist der Zeitgeist.

Immer wieder habe ich es gehört: „Man muß das vom Zeitgeist her verstehen“, oder „Da ist eben der Zeitgeist daran schuld“. Modetorheiten, geschichtliche Fehlentscheidungen, pädagogische Unsinnigkeiten vergangener Tage, für alles ist der Zeitgeist verantwortlich.

Wer ist nun aber dieser Zeitgeist, der offenbar ein recht bewegliches Wesen ist, der sich rasch wandelt, immer da, wo er gerade weht, sich den Beinamen des Modernen zulegt? Ich würde ihm ja gerne einmal begegnen, diesem merkwürdigen Geist, der mir nicht selten eher ein Ungeist zu sein scheint. Woher nimmt er seinen Ausgang, wie entsteht er überhaupt? Ist er, wie der Name zu sagen pflegt, einfach der Geist der verschiedenen Zeiten, der Ausdruck der jeweiligen Zeit? Die Zeiten wandeln sich bekanntlich, wie schon das lateinische Sprichwort sagt, und wir verändern uns mit ihnen. Es ist ohne Zweifel eine Tatsache, daß unsere Welt in einen geschichtlichen Wandel einbezogen ist. Und daß dieser Wandel oft unserem persönlichen Mitwirken entzogen ist. So ist es dann auch durchaus so, daß wir Vieles aus den jeweiligen Zeitumständen heraus verstehen müssen, daß sich ein gewisser Wandel in Sitte und Kultur nicht leugnen läßt und beispielsweise unser gegenwärtiges Zeitalter durch die Entwicklung der Technik stark beeinflußt ist. Der Mensch ist ein zeitliches und geschichtliches Wesen und kann sich nicht vom Boden der jeweiligen Zeitepoche entfernen. Aus diesem Grunde ist es auch notwendig, daß wir den geschichtlichen Zusammenhang immer mitbedenken. Geschichte, Zeitumstände und Zeitgeist sind aber wiederum nicht etwas ganz und gar Absolutes. Geschichte ist die Geschichte der Menschen und wird daher von Menschen mitbestimmt und mitgestaltet. Geschichte bedeutet mithin Verantwortung. Der Mensch entscheidet seine Geschichte mit. Er muß nicht einfach immer das machen, was zur Zeit Mode oder „in" ist, er muß sich nicht einfach dem Zeitgeist unterwerfen. Sonst wird er nur allzuleicht zum Mitläufer, Nachahmer und Opportunisten.

Erich Kästner hat Modeerscheinungen und ihre Verfechter so treffend beschrieben:

„Wenn es Mode wird, sich schwarz zu
schmieren...,
wenn verrückte Gänse in Paris
sich die Haut wie Chinakrepp plissieren...,
wenn es Mode wird, auf allen Vieren,
durch die Stadt zu kriechen, machen sie's."

Die „Zeit" oder der „Zeitgeist", die „Mode", sie alle müssen an sich weder gut noch schlecht sein. Bloß mit der Zeit zu gehen ist aber keine besondere Leistung. Es gehört auch dazu, daß wir uns über die Zeit Gedanken machen, so wie François Mauriac meint: „Die Zeit ist immer reif, es fragt sich nur wofür." Ähnliches stellt Werner Mitsch fest: „Man sollte mit der Zeit gehen. Aber mit welcher?" Der Mensch kann sich der Zeit und dem geschichtlichen Wandel nicht ganz entziehen. Selbstverständlich kann sich so etwas wie der Zeitgeist auf ihn auswirken, er muß aber auch wissen, daß die Menschen eben diesen Zeitgeist mitentscheiden und er als Geistwesen sich auch über den Zeitgeist stellen kann. Sich bloß auf den Zeitgeist berufen ist geistlos. Aufgabe jedes einzelnen ist es vielmehr, seine Zeit mit Geist zu erfüllen, denn die Zeit ist, wie Rudolf Rolfs sagt, mit einer Vase zu vergleichen. „Es kommt darauf an, ob man Disteln oder Rosen hineinstellt."

Zeitgemäß und unzeitgemäß

Wahrscheinlich war es zu allen Zeiten zeitgemäß, sich über das Unzeitgemäße zu mokieren. Laut wird die Klage natürlich in unserer schnellebigen Zeit, in der sehr schnell das Zeitgemäße zum Unzeitgemäßen deklariert wird. Besonders hart wird der Vorwurf selbstverständlich gegenüber Einrichtungen, Institutionen, aber auch Haltungen, die eine gewisse Tradition haben und diese Tradition durchhalten. Für manche gehört es schon zum guten Ton oder auch aus Profilneurose dazu, der Kirche, beziehungsweise ihren diversen Vertretern, solch Unzeitgemäßheit vorzuhalten: „Mein Gott, die sollten sich doch mehr an der Zeit orientieren!" „Die Zeit verlangt heute eben eine andere Einstellung." „Man sollte sich endlich den Anforderungen der Zeit anpassen." So und ähnlich lauten die Vorwürfe, die dann für manche schon als Ausweis für eine moderne, kritische und zeitgemäße Einstellung gelten. Ganz selten erlebt man, daß derjenige, der mehr Zeitgemäßheit verlangt, auch nur einen Gedanken darauf verwendet, was denn diese Zeit überhaupt sei. Wenn der von mir hochgeachtete Erich Kästner in seinen „13 Monaten" einmal sagt: „Folgt der Zeit, sie weist die Richtung!", so wird da deutlich, daß wir aus dem natürlichen Wechsel der Zeit, der Jahreszeiten nicht ausbrechen, uns nicht außerhalb unserer Zeitlichkeit stellen können. Aber dieses „Zeitgemäß" ist oft nichts anderes als eine Umschreibung der ebenfalls sehr leeren Floskeln „Modern", „In-Sein" oder ein „Trendsetter" sein zu wollen. Genauso unkritisch gehen natürlich auch die mit dem Begriff Zeit um, die lediglich unsere Zeit beklagen und auf die gute alte Zeit verweisen, obwohl wir alle wissen: „Aus einem miserablem Heut wird schnell die gute alte Zeit." Natürlich ist es auch richtig, zur Tradition die richtige Einstellung zu haben. So meint H. MacMillan: „Tradition soll ein Sprungbrett sein, aber kein Ruhekissen!" Aber, um nochmals auf die „Zeitgemäßen" zurückzukommen, kann Ethik und Moral tatsächlich nur jenes Maß an Anständigkeit bezeichnen, das gerade modern, zeitgemäß ist? Kann ich die Zeit wirklich zum obersten Richtstab meines Handelns nehmen, ohne daß ich mir Gedanken mache, was die Zeit bzw. ihre Erfordernisse sind? Wo lese ich denn die Erfordernisse der Zeit ab? Erfahre ich sie vielleicht aus der Statistik, die feststellt, wieviele in unserer Zeit gerade so und nicht anders handeln? Ist die Mehrheit die Umschreibung für die Zeit oder die Zeit die Umschreibung für die Mehrheit? Jean Cocteau meint zu Recht: „Man darf die Wahrheit nicht mit Mehrheit verwechseln." Fragen wir uns doch einmal, wie es mit großen Erfindungen, Entdeckungen, aber auch mit großen Persönlichkeiten ausgesehen hätte, wenn sie sich nur zeitgemäß verhalten hätten. Sicher ist es auch richtig, mit beiden Beinen in der Zeit zu stehen. Aber manchmal muß man ihr auch etwas voraus sein, bzw. sich einfach von ihr überholen lassen. Stanislaw Jerzy Lec stellt fest: „Geh' mit der Zeit, aber komme von Zeit zu Zeit zurück!" Die Zeit mag zwar immer für etwas reif sein, man muß aber auch die Frage stellen, wofür. Solange Zeitgemäßheit sich nur darin äußert, daß man Trendsetter ist, all das für richtig findet und nachmacht, was gerade „in" ist, ist es nichts anderes als das, was man beim Affen als Nachahmungstrieb bezeichnet. Und was den ebenfalls sehr häufig zitierten Zeitgeist, dem man folgen sollte, anbetrifft, halte ich mich an eine Aussage von Werner Mitsch, der sarkastisch meint: „Zeit minus Geist = Zeitgeist." So meine ich, zum Abschluß, wäre es oft geistreicher, als bloß der Zeit oder dem Zeitgeist zu gehorchen, die immer und zu allen Zeiten zeitgemäße Gewissensfrage zu stellen, ob das Zeitgemäße auch menschengemäß ist.

Zeit zum Wundern

Jostein Gaarder erzählt in seinem Roman über die Geschichte der Philosophie, „Sophies Welt“ folgendes: Mama, Papa und der kleine Thomas sitzen beim Frühstück. Mama schaut gerade weg, und da beginnt Papa plötzlich unter der Decke zu schweben. Was glaubst du, daß geschieht? Thomas wäre sicher erstaunt, aber das ist er sowieso, denn Papa macht ja viele seltsame Dinge, daß ein kleiner Flug über den Frühstückstisch gar keine so große Rolle mehr spielt. Jeden Tag rasiert er sich mit einer witzigen Maschine, er setzt sich in ein Auto, das plötzlich zu fahren beginnt, usw. Mama hat gehört, daß Thomas sagt: „Papa fliegt“ und dreht sich um. Sie wird sicher anders reagieren. Sie läßt vielleicht sogar das Marmeladenglas fallen. Warum reagieren Thomas und Mama so unterschiedlich? Und jetzt meint Jostein Gaarder wörtlich: „Es ist eine Frage der Gewöhnung... Mama hat gelernt, daß Menschen nicht fliegen können, Thomas nicht. Er ist auch immer unsicher, was auf dieser Welt möglich ist und was nicht. Aber was ist mit der Welt selber... Meinst du, die ist möglich? Auch sie schwebt doch frei im Raum. Das Traurige ist, daß wir uns im Heranwachsen nicht nur an die Gesetze der Schwerkraft gewöhnen, wir gewöhnen uns gleichzeitig an die Welt selber. Anscheinend verlieren wir im Laufe unserer Kindheit die Fähigkeit, uns über die Welt zu wundern. Aber dadurch verlieren wir etwas Wesentliches... Denn irgendwo in uns sagt uns etwas, daß das Leben ein großes Rätsel ist. Das haben wir erlebt, lange bevor wir gelernt haben, dies zu denken (Jostein Gaarder, Sofies Welt, München Wien 1993, S. 25 f.)." Ja, ich glaube, daß wir Erwachsene im Laufe unseres Lebens zwar eine ganze Menge dazulernen, aber auch eine Menge wieder verlernen. Das hat ja nicht zuletzt Antoine de Saint Exupery immer wieder in seinem „kleinen Prinzen" angesprochen, wenn er sagt, daß die großen Leute so sonderbar sind, weil sie vieles nicht mehr sehen, was die Kinder noch sehen. Wir sehen und hören vieles nicht mehr, weil es uns zu selbstverständlich, zu alltäglich, zu gewöhnlich geworden ist. Die Geschichte des Karl Valentin vom Zufall fällt mir ein. Da wird erzählt, daß man sich über einen Radfahrer unterhält und „zufällig" kommt gerade ein Radfahrer vorbei. „Wo soll denn da ein Zufall sein", fragt der Gesprächspartner, „Radfahrer sind doch etwas Alltägliches. Ja, wenn vielleicht gerade ein Flugzeug über sie geflogen wäre, in dem Augenblick, als sie von einem Flugzeug gesprochen haben, das wäre schon eher ein Zufall." Da merkt man natürlich im übrigen, wie sich die Zeiten ändern. Heute ist ein Radfahrer in der Innenstadt seltener geworden als ein über uns daherbrausendes Flugzeug. Ein Zufall ist etwas Besonderes. Wo ist aber das Besondere im Alltäglichen, an das man sich jeden Tag gewöhnt hat? Was Besonderes ist allenfalls noch, wenn David Copperfield, um wieder vom Fliegen zu sprechen, auf der Bühne frei schwebt. Das wird einen Flugkapitän wohl eher vom Sitz reißen als der Start seiner Boeing. Ein fliegender Mensch ist sicher außergewöhnlicher als ein gewöhnlich dahinfliegender Vogel, weil es nun halt einmal in der Regel (wenn man von Vogel Strauß und Pinguin absieht) den Vogel ausmacht, daß er fliegen kann. Und dennoch, meine ich, sollten wir nicht vergessen, wie außergewöhnlich manches Selbstverständliche wirklich ist. Ist etwas eigentlich von selbst her verständlich? Ist nicht jeder winzige Käfer – über die Tatsache hinaus, daß er auch fliegen kann – eine Sensation? Wir sollten uns Zeit nehmen, solche Sensationen, die vor unseren Augen fliegen, aber auch liegen, wieder zu sehen, beispielsweise diese Blume da. Im Frühjahr habe ich sie mit vielen anderen Samen ins Erdreich gegeben. Jetzt blüht sie, hat bunte Blätter und duftet. Wann denken wir denn schon darüber nach, was sich alles im wahrsten Sinne des Wortes um uns herum entfaltet, oder von welchem Formenreichtum wir umgeben sind? Ja, und um nochmals auf die Blume zurückzukommen, wo kommt bloß ihr wunderbarer Duft her? Oder siehe diese Sonnenblume da! Sie ist größer als ich, voller bunter Sonnenblumenkerne, die jeweils wieder eine neue Sonnenblume mit einer Vielzahl von Kernen ergeben, wenn sie ins entsprechende Erdreich kommen.

Vielleicht sollte uns bei dem Nachdenken über das Aufgehen eines solchen Samens doch hin und wieder etwas aufgehen über das Außergewöhnliche des Gewöhnlichen oder das Bestaunenswerte des Selbstverständlichen.

Mode

„Eine künstlich herbeigeführte Epidemie", nennt sie George Bernhard Shaw, die Mode, die, wenn man sie genau besieht, die längste Diktatorenherrschaft in der Geschichte der Menschheit inne hat. Auch wenn sie ihr Kleid – im wahrsten Sinne des Wortes – häufig wechselt, übt sie doch ein Diktat aus, das, wie Senta Berger feststellt, zwar wie „eine Empfehlung aussieht, der man aber meist williger gehorcht wie einer harten Anordnung." Eine schnellebige Zeit wie die unsere wechselt natürlich auch häufig die jeweilige Erscheinungsform der Mode. Es gibt immer mehr Modemacher, die geschickt etwas zu verkaufen verstehen, auch wenn es noch so unkleidsam sein mag.

Seit Jahren hat man bei uns die Kinder und Jugendlichen als zahlungskräftige Konsumenten erkannt und versucht natürlich alles mögliche, diesem Personenkreis etwas anzudrehen, indem man weismacht, daß man nur etwas darstellt, wenn man „in" ist, bzw. nur „in" ist, wenn man in dem steckt, was einem die Geschäftemacher überziehen. Das Bild, bzw. der entsprechende Schriftzug auf dem entsprechenden T-Shirt gibt, so verkündet man, das entsprechende Profil, auch wenn es bei näherer Betrachtung ein Uniformzwang ist.

Gefährlich werden Modetorheiten da, wo

man im religiösen und weltanschaulichen Bereich ganz gezielt gegen oder für etwas Stimmung macht. Gerade heute, wo man den Eindruck hat, daß manche immer weniger über immer mehr wissen, tun sich diese Manipulatoren besonders leicht. Wie anders wäre es zu erklären, daß ein Film über Buddha genügt, damit immer mehr westliche Menschen in diese Religion „flüchten"? Wenn ich flüchten sage, bedeutet das keineswegs das Verächtlichmachen des Buddhismus, sondern lediglich eine Sorge, daß man sich in etwas hineinbegibt, nur weil es „anders" ist.

Als typische Antwort hörte ich neulich, daß jemand zum Buddhismus übergetreten sei, „weil der Papst die Pille verbiete". Diese dümmliche Begründung spricht für sich. Immer mehr muß ich nämlich erfahren, daß man, bevor man das Eigene überhaupt kennengelernt hat, bzw. kennenlernen will, es ablehnt. Nebenbei sei allerdings auch die Frage gestattet, wie weit mancher christliche Religionsunterricht den Kindern überhaupt noch christliches Gedankengut beibringt und nicht schon, bevor er überhaupt etwas aussagt, alles in Frage stellt, bzw. ablehnt. Eine Untersuchung darüber, wieviele Kinder noch christliche Gebete und Lieder kennen, bzw. mit den Grundwahrheiten dieses Glaubens vertraut sind, würde wohl erbärmlich ausfallen.

Man braucht wahrlich kein Gespensterseher zu sein, wenn man feststellt, daß in diversen Medien geradezu eine Kampagne gegen das Christentum in gezielter Form gestartet wird. Der Erfolgszwang, die größte Einschaltquote zu besitzen, bringt auch durchaus vernünftige Moderatoren dazu, immer ausgefallenere Gäste mit noch verrückteren Lebenseinstellungen zu präsentieren, weil das Abartige offensichtlich mehr zieht, als das Gutartige. Und so fällt mancher Jugendliche auf der Suche nach Profilierung, um etwas Besonderes zu sein, auf gefährliche Perversitäten, wie die des Satans- und Hexenkultes herein. Wo das Gesunde und Normale (ich bin mir natürlich dessen bewußt, daß auch diese Begriffe subjektiv sind) immer nur als langweilig und unattraktiv dargestellt wird, das Abartige aber, geschickt und lauthals präsentiert wird, muß man sich nicht wundern, daß die Mehrheit der Jugendlichen einer so gezielt präsentierten Minderheit allmählich Minderwertigkeitskomplexe bekommt.

Aber das scheint wohl im Modetrend der Zeit zu liegen, daß man zunächst auf das Krankhafte und Ungesunde aufmerksam macht, bevor man, wenn überhaupt, die Freude am Schönen und Gesunden weckt. Es ist für mich immer wieder erstaunlich, wenn ich feststellen muß, wieviele Menschen, junge wie alte, durchaus positiv denken, dieses positive Denken aber viel zu wenig artikulieren. Bei einer Tagung erlebte ich vor kurzer Zeit einen ausgezeichneten Vortrag. Von den zehn Diskussionsteilnehmern, die sich zu diesem Vortrag äußerten, sprachen sich neun negativ aus. Bei dem anschließenden geselligen Beisammensein äußerten sich fast alle dahingehend, daß dieser Vortrag ein echtes Erlebnis gewesen wäre. Wie kommt es wohl, daß sich in der Regel die Nein-Sager viel lautstärker und für manche auch viel wortgewandter in Szene setzen, als die Zustimmenden? Ist es bei ersteren übersteigertes, manchmal krankhaftes Geltungsbedürfnis, bei den letzteren mangelndes Selbstbewußtsein? Ich persönlich glaube, daß unsere Erziehung auf diesem Sektor eine ganz wichtige Aufgabe hätte, das Gesunde zu stärken, selbstbewußt zu machen, seinen gesunden Hausverstand öfter in Worte zu fassen, damit nicht am Ende jede Modetorheit derer die Oberhand behält, die zwar nicht wissen, was sie wollen, aber das mit aller Kraft.

Die Zeit vergeht und nichts besteht

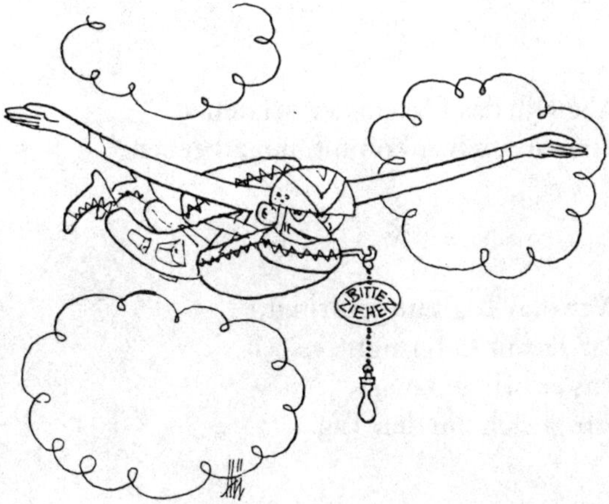

Wer nur aufs „Übermorgen" verschiebt,
wird morgen vielleicht schon betrübt
von der Erkenntnis jäh erfaßt,
daß er das Heute hat verpaßt.

*

Wie will das Dasein der verstehen,
der nur noch ankommt, um zu gehen?

*

Wer den Tag nur verbringt,
daß er mit sich ringt,
was er bringen mag,
bringt sich um den Tag.

Am Bach sitzen

Seit ich mich zurückerinnern kann, gehört es für mich zu den schönsten Erlebnissen, still an einem Bach zu sitzen und die Füße in ihm baumeln zu lassen. Ich erinnere mich noch gut, wie ich als Kind bei einem Besuch auf dem Land die Kinder beneidet hatte, die in der unmittelbaren Nähe eines Baches wohnten.

Noch heute benütze ich jede Gelegenheit an einem schönen Sommertag, vielleicht in der Mittagspause, an einer einsamen Stelle im Englischen Garten zu sitzen und meinen Gedanken nachzugehen, die sich dann irgendwie mit dem Fließen des Wassers vereinen. Hier erlebe ich den Augenblick in seiner Fülle. Während ich stille sitze, fließt das Wasser an mir vorbei, unaufhaltsam irgendwohin. Unwillkürlich denke ich immer an Heraklits Ausspruch, daß alles fließt, auch wenn es uns immer gleich erscheint. Seit Jahr und Tag ist es der gleiche Bach und doch ist er immer ein anderer.

Wie hat Heraklit gesagt? Man steigt nie zweimal in den selben Fluß. Nicht nur, daß der Eisbach leider nicht mehr der ist, der er vor einigen Jahren noch war, weil die Wasserqualität nicht mehr die beste ist. (Vielleicht wird sich auch das wieder in ein paar Jahren hoffentlich zu seinen Gunsten ändern), auch ich bin natürlich nicht mehr der „Alte“, bzw. ich bin jedesmal ein „Älterer“.

Ich denke über das Woher nach, das Entspringen des Baches an einer Quelle, aus irgendeinem geheimnisvollen Dunkel heraus. Zunächst rinnt das Gewässer langsam dahin. Dann wird es schneller, die Quelle wird zum Bach, der Bach zum Fluß, bald ist es ein Strom, der irgendwo im Meer mündet.

Immer wieder ist der Bach auch mit dem Leben verglichen worden, bei dem die Zeit ja auch zunächst ganz langsam zu verrinnen scheint, die Zeit gleichsam noch Zeit hat, bis sie dann immer schneller und rascher vergeht, immer breiter und unübersehbarer wird, um sich dann im großen Meer der Ewigkeit zu verlieren. Viel kann für unser Leben symbolhaft gesehen werden. Das Dunkel unseres Woher, das Ungenaue unseres Wohin. Aber was bin ich dann? Bin ich die Quelle, der Bach, der Fluß, das Meer? Was hält sich bei diesem Bach, diesem Fluß durch? Quellen, Bäche, Flüsse und Meere haben ihre eigenen Namen, aber ich bin doch eigentlich immer ich von meiner Geburt bis zu meinem Tod hin, obwohl auch ich im Flusse bin. Aber vielleicht bin ich auch nur ein kleiner Tropfen in diesem großen Bach. Unsere Erde, ja unser Sonnensystem könnten wir uns auch symbolisch als den Bach vorstellen, der wieder in einem größeren System, dem Fluß unserer Galaxie seinen Platz hat. Und diese wiederum wäre vielleicht mit dem großen Meer des Alls zu vergleichen. Auch der Gedanke an den Wassertropfen hat mich immer wieder fasziniert, vor allem als ich einmal einen solchen Wassertropfen im Mikroskop gesehen habe. Jeder Tropfen ist Leben, eine eigene Welt. Bin ich also vielleicht nur ein Tropfen, der im großen Fluß aufgeht, sich dann als sich selber verliert? Oder bin ich der, der nur im großen All des Alles oder Nichts aufgeht? Was ist der Sinn? Fließen, Vergehen, Aufgehen, der ewige Kreislauf des Lebens? Ewiges Leben, persönliches Weiterleben.

Noch etwas: Hat dieser Bach da nur seinen Sinn, daß er in das große Weltmeer fließt? Ist das Große, der Fluß, der Strom, das Meer letzter Sinn oder hat nicht alles, auch das Kleine, seinen Eigen-Sinn? Auch das erste kleine kristallklare Rinnsal aus dem Felsen, jener Bach da, der mich im Augenblick so beglückt und mich über mein Leben nachdenken läßt. Wäre es nicht verkehrt, diesem Bach nur seine Bedeutung im Hinblick eines Zubringers des Wassers fürs Meer zu sehen? Ist es nicht etwas Großartiges, daß dieses Fließen, das nie stillsteht, dennoch so etwas wie eine ewige Gegenwart hat? Und in der Tat jetzt, da die Sonne ein wenig im Wasser funkelt, zeigt sich in diesem Fließen irgendwie der Schein des Hellen und Beständigen und läßt gleichsam das Fließen der

Zeit stillstehen. Kein Wunder, daß die Menschen die Quellen, Bäche, Flüsse und Meere immer wieder als etwas Geheimnisvolles betrachtet haben, sie mit Nixen und Wassermännern beleben. Märchen und Geschichten aus meiner Kindheit fallen mir ein und jenes Lied vom Schneegebirge, wo ein Brünnlein kalt fließt, „und wer daraus getrunken, wird jung und nimmer alt", kommt in mein Gedächtnis. Ein satirischer Spruch aus jüngster Zeit fällt mir ein. „Unsere Gewässer werden allmählich immer mehr zu ‚Jungbrunnen'. Denn wer aus ihnen trinkt, wird auch nicht alt." Welch' banaler Schluß für so tiefschürfende Überlegungen. Ich glaube, man nennt das „tragische Ironie."

Wenn einmal alles so sein sollte,
so wie's ein jeder wünscht und wollte,
dann klagte dennoch eine Schar:
„Schad, daß es nicht mehr ist, wie's früher war.

*

Nimmst du einmal, was gestern war,
genau unter die Lupe,
dann merkst du, was grad Stern noch war,
ist dir heut' oft schon schnuppe.

*

Daß Jugend etwas Schönes ist,
das mein ich, denkt wohl jeder.
Viel schöner wär sie freilich noch,
käm' sie im Leben später.

Nostalgisch blickt man oft zurück
und klagt dazu oft gar,
daß heute es nicht mehr so ist,
so wie's noch niemals war.

*

Wir kommen, uns zu verwirklichen,
wir weilen, um zu gehen.
Wir gehen, um weiter zu laufen.
Wir laufen, um wieder zu stehn.
Wir sind nur stets im Begriffe
und sind somit Nein nicht, noch Ja.
Und während wir immer nur wurden,
geschah's. Und wir waren nicht da.

*

Auch wenn im Wandel nichts besteht.
Morgen und Heut im Flug vergeht,
Eins bleibt in all dem Fluß der Zeit
für alle Zeit: Vergangenheit.

Zeitreflexionen

Was in einem Jahr ist, morgen, in drei Stunden, in drei Minuten, ja in einer Sekunde, das ist eigentlich, wenn man es sich genau überlegt, noch nicht da. Es wird erst eintreffen, es passiert erst, es kommt erst auf uns zu. Umgekehrt ist das, was geschehen ist, was vor einem Jahr, gestern, vor drei Stunden, vor drei Minuten, ja vor einer Sekunde war, schon irgendwie nicht mehr da, ist vergangen, ist vorbei und bestenfalls in der Erinnerung geblieben. Was ist dann eigentlich da? Das, was jetzt im Augenblick gerade ist, während ich denke, rede, schreibe, lese. Kaum, daß ich darüber nachdenke, ist es auch schon vorbei, in den unendlich großen Grund der Vergangenheit gefallen. Augenblick ist also etwas, was eigentlich gar nicht vorhanden ist. Denn er ist doch nur der Schnittpunkt zwischen Zukunft und Vergangenheit.

Wie oft haben wir diese Erfahrung schon gemacht: Man wartet auf etwas, sehnt etwas herbei, kann es kaum mehr erwarten, und dann ist es so schnell vorbei, daß man eigentlich gar nicht mehr mitkommt. Es ist schon etwas Merkwürdiges um die Zeit, besonders den Augenblick, der rein mathematisch als Schnittpunkt eigentlich gar keine Ausdehnung hat. Und trotzdem setzt sich unser Leben aus unzählbar vielen dieser Schnittpunkte zusammen, ist eigentlich nichts anderes als eine

Aneinanderreihung von solchen Augenblicken. Würde das bedeuten, daß wir dann eigentlich gar nicht sind? Denn Null + Null + Null + Null gibt eigentlich nur Null, und doch steht ja eigentlich fest, daß wir sind. Der Philosoph Descartes gewinnt die Sicherheit, daß wir sind, aus der Überlegung: „cogito ergo sum", ich denke, also bin ich. Dann wäre möglicherweise das, was uns ausmacht, daß wir über diese Augenblicke hinausdenken können, daß wir Vergangenes im Gedächtnis bewahren können, aber auch Zukünftiges, obwohl wir es nicht genau wissen, in die Gegenwart einbeziehen können. Wir können uns erinnern, wir können hoffen, vertrauen, aber auch fürchten, Angst haben. Das Gestern und das Morgen bestimmt irgendwo unser Leben, das wir aber immer im Augenblick leben: Es gibt also etwas in uns. Vielleicht ist es das, was den Menschen in seinem Menschsein ausmacht, das uns die Zeit irgendwie doch festhalten läßt. Aber was ist, wenn wir nichts mehr festhalten können, weil unsere Zeit abgelaufen ist? Das ist wohl das große Fragezeichen für die Menschen immer gewesen. Eine mögliche Antwort darauf gewinnen wir nur im Glauben, daß es jemand gibt, der uns, unsere Zeit, in Händen hält.

Grüß Gott, Bruder Tod

Der Kirschbaum steht in voller Blüh'.
Das Gras ist saftig. 's Jahr ist früh.
Es wächst und treibt, ist voller Leben.
Und dennoch steht er schon daneben.

Es steht das Korn noch auf dem Feld.
Die Ähren sind ganz reif und gelb.
Dazwischen leuchtet rot der Mohn
Der Bauer wetzt die Sensen schon.

Noch sieht das Kind man in der Wiege
als ein ganz kleines Bündel liegen.
Noch machts den ersten kleinen Schritt.
doch er, er geht schon immer mit.

Noch kräht ganz früh der Gockelhahn.
Noch lacht der Bursch sein Mädchen an.
Noch pfeift der Vogel, springt das Reh.
Da steht er schon ganz in der Näh.

Der Baum, der noch im Walde steht
ist bald vielleicht bloß noch ein Brett,
Der Schreiner zimmert bald schon draus
für jemanden sein letztes Haus.

Das Pferd, das auf der Weide springt,
Die Kutsche bald zum Friedhof bringt
vielleicht in ein paar Wochen bloß.
Er sitzt als Kutscher auf dem Roß.

Bruder Tod, grüß dich Gott.
Bist immer dabei.
Bruder Tod, grüß dich Gott.
Ich werd nie ohne dich sein.

*

Wie eine Spur im weiten Sand.
Sie führt, weiß nicht woher,
ins ferne, fremde Unbekannt,
die Welt des Ungefähr.

Ganz kurze Zeit nur bleibt der Tritt.
Dann ist die Spur verweht.
Wir spüren schon bei jedem Schritt,
daß er im Gehn vergeht.

Ein Narr, der glaubt, sein Name schreibt
ein Zeichen in den Wind.
Vergiß nie, daß in allem bleibt
nur eins: die Zeit verrinnt.

Wir sitzen im großen Lebensbaum

Wir sitzen im großen Lebensbaum,
dem Baum der Lebenszeit.
Wir können das Morgen erwarten kaum,
vergessen darüber das Heut.

Wir träumen die Früchte des Sommers herbei
und trauern hinterher.
Wir denken an gestern, wo lange vorbei
der Baum hing von Früchten noch schwer.

Wir blicken ins Übermorgen schon bang,
wenn rauh der Herbstwind bläst.
Wir sorgen uns um den Winter so lang,
friern voraus schon im kalten Geäst.

Wir sitzen im großen Lebensbaum
und während die Zeit vergeht,
bemerken wir seine Schönheit kaum,
wie er in der Blüte grad steht.

Auch Glück kann weh tun

Nun ist er also wieder da, der mit Recht so viel bedichtete und besungene Frühling, jene Jahreszeit, die uns wohl deshalb so beglückt, weil wir in ihr am augenscheinlichsten die Kraft und Schönheit des Lebens erfahren. Die Natur ist aus ihrem Winterschlaf erwacht und steht in herrlichster Blüte. „Die Zeit versinkt in einer Fliederwelle. Oh, gäb' es doch ein Jahr aus lauter Mai!" So preist Erich Kästner den Wonnemonat, aber nachdem er den „Mozart des Kalenders" in wunderschönen Farben gemalt hat, folgen plötzlich die Zeilen:

Melancholie und Freude sind wohl Schwestern.
Und aus den Zweigen fällt verblühter Schnee.
Mit jedem Pulsschlag wird aus Heute Gestern.
Auch Glück kann weh tun. Auch der Mai tut weh."

Merkwürdig, bei diesen Zeilen fällt mir eine Mitteilung ein, die vor einiger Zeit in der Presse stand: Junge Paare hätten sich dagegen ausgesprochen, daß bei der Trauzeremonie die Worte „Bis daß der Tod euch scheidet" ausgesprochen würden. Man wollte, so lautete die Begründung, in diesem Augenblick des Glücks nicht an dieses traurige Ereignis erinnert werden. Nun gibt es zwar keinen Zweifel, daß der eigene Tod und der Tod des anderen ein schmerzliches Ereignis ist. Aber es gibt auch keinen Zweifel, daß, weil nun einmal unser Leben, um es mit Heidegger zu formulieren, ein „Sein zum Tod" ist, wir mit ihm irgendwie leben müssen. Das geschieht sicher nicht da, wo wir ihn verdrängen. Nicht verdrängen, das bedeutet keineswegs, in einem ständigen Todesgedenken leben müssen, kann aber wohl besagen, daß wir uns in entscheidenden Situationen darauf besinnen, was angesichts dieses uns allen bevorstehenden Endes unseres irdischen Daseins wirklich wesentlich ist. Wäre es nicht traurig, wenn junge Paare an jenem Tag des Glücks, aber auch des Versprechens, ein Leben lang miteinander gehen zu wollen, nicht die Kraft aufbrächten, sich zumindest kurz daran zu erinnern: „Ein Leben lang" bedeutet auch, daß dieses Leben einmal zu Ende geht.

Wenn vom Verdrängen des Todes die Rede ist, fällt mir immer jene so gescheite, eigentlich aus dem Arabischen stammende Geschichte ein, die ich hier in Bayern spielen lasse. In Landshut lebte vor Jahren ein Kaufmann mit seinem Sohn. Eines Tages war im Ort Jahrmarkt. Der Sohn des Kaufmanns gewahrte zu seinem Schreck in der Volksmenge plötzlich den Gevatter Tod, der ihn ansah und den Kopf schüttelte. Als er das nun sah, rannte er so schnell er konnte heim und bat seinen Vater:

„Bitte, gib mir dein bestes Pferd, damit ich weit weg reiten kann! Ich bin dem Tod begegnet und reite nach München, damit er mich nicht erwischt." Als ihm der Vater seinen Wunsch erfüllt hatte, ritt der Sohn schnurstracks los. Der Vater aber lief nun selbst zum Marktplatz und sah den Tod wirklich stehen. Unverzüglich fragte er ihn, warum er denn zuvor seinen Sohn angesehen und den Kopf geschüttelt habe. „Das kann ich dir schon sagen", meinte der. „Ich habe mich nur darüber gewundert, ihn in Landshut zu treffen, wo ich doch den Auftrag habe, ihn heute in München zu holen."

Im übrigen haben wir in Bayern immer eine recht realistische Einstellung zum Sterben gehabt. Das wird nicht zuletzt in vielen Barockliedern deutlich, wo gerade inmitten fröhlichster Feste irgendwo der Gevatter Tod im Bild erscheint. Wir verdrängen ihn nicht, den Boandlkramer, aber wir blinzeln ihm ein wenig zu, was auch in Sprüchen wie den folgenden deutlich wird: „Alle Menschen sterben", hat der Mesner g'sagt, „vielleicht sogar i."

Und was die Ehepaare anbetrifft: „Wenn oans von uns zwoa amal stirbt", hat der Huber-Bauer zu seiner Frau g'sagt, „dann ziag i ins Austragshäusl."

Wir sitzen in dem großen Zug
und eilen durch die Zeit.
Vom Gestern in den Morgen führt
die Fahrt stets durch das Heut.

Der Zug kennt keinen Bahnhof, wo
er kurz mal stille hält.
Die Landschaft jagt an uns vorbei,
wir sehn die Stadt, das Feld.

Wir schaun durch unser Fenster raus,
wir schaun nach vorn, zurück.
Wir glauben, daß wir alles sehn
und sehn doch nur ein Stück.

Wir treffen manchen auf der Fahrt,
machen mit ihm ein Spiel.
Und manchmal fragen wir des Nachts
uns bange nach dem Ziel –

Wir schauen manchmal auf die Uhr.
Der Zug bleibt plötzlich stehn.
Wir steigen aus, den letzten Schritt
muß jeder selber gehn.
Wir steigen aus dem Zug der Zeit
und wissen nicht wohin.
Stiegen wir aus? Steigen wir um?
Wars Ende? Wars Beginn?

Abschied

Wir alle haben sie schon öfter gemacht, diese merkwürdige Erfahrung: "Wenn etwas zu Ende geht, dann drängt es uns, noch einmal zurückzuschauen. Das kann sein, daß man am letzten Urlaubstag noch einmal ganz bewußt den vertrauten Weg zu seinem Lieblingsplatz geht und dann auf einen Berg, einen Hügel, eine Düne steigt, von wo aus man noch einmal zurückschauen kann, das Ganze noch einmal überschaut. Und da wandert dann in ein paar Minuten meist in etwas verklärten Farben die schöne Zeit nochmals an unserem geistigen Auge vorbei.

Auch die späten Herbsttage sind Tage des Rückschauens. Man denkt bei den fallenden Blättern und den immer kahler werdenden Ästen zurück an den Beginn des Jahres, an das Frühjahr, wo sich die Natur wieder mit Farben zu füllen begann. Man schaut zurück und erkennt wieder einmal, wie schnell doch alles vergeht. In unserem ganzen Leben gibt es immer wieder solche Zeiten, in denen wir merken, daß etwas zu Ende geht. Man erkennt, weiß oder spürt, daß es Zeit ist, für kurz, länger oder immer Abschied zu nehmen. Dieser Gedanke des Abschieds gebiert gleichsam unsere Erinnerungen. Im Rückblick sehen wir etwas oft ganz neu.

Nietzsche sagt: „Von dem, was du kennen und messen willst, mußt du Abschied nehmen, wenigstens auf eine Zeit. Erst wenn du die Stadt verlassen hast, siehst du, wie hoch sich ihre Türme über die Häuser erheben."

Nun erkennen wir oft viel klarer, was wirklich schön, gut, aber auch schmerzlich und traurig war. Der Abschied schärft unseren Blick für das Wesentliche. Da gibt es eine ganz merkwürdige Erfahrung. Es kann passieren, daß wir beim Weggehen von jemand, der uns vertraut geworden ist, sogar die kleinen Eigenarten, die uns vorher gestört haben können, plötzlich als etwas Liebenswertes registrieren. Beim Weggehen, geht uns plötzlich auf, wie sehr uns nun manches abgehen wird, was wir bisher kaum beachteten, weil wir es als selbstverständlich betrachteten. „Beim Abschied wird die Zuneigung zu den Sachen, die uns lieb sind, immer ein wenig wärmer", sagt Montaigne. Leben ist eigentlich immer wieder auch ein Abschiednehmen, und Abschied ist in der Regel etwas Trauriges.

Der Gedanke an den Abschied kann es aber auch mit sich bringen, daß wir unser Leben bewußter leben, daß wir das Glück des Augenblickes mehr zu schätzen wissen, daß wir in dem Gedanken darin, daß etwas nie für immer währen kann, dankbarer werden für das Geschenk des Augenblicks. Im Weggehen, sagte ich, geht uns etwas auf. Es geht uns auf, daß wir die Zeit nicht halten können, daß jeder Augenblick etwas Einmaliges, Unwiederbringliches ist. Damit bekommt der Augenblick aber auch seine Großartigkeit und Kostbarkeit. So ist unser Wissen darum, daß es immer wieder gilt, Abschied zu nehmen, sicher ein sehr schmerzliches.

Auf der anderen Seite gibt es unserem Leben aber auch Farbe und Kontur. Im bewußt erlebten Augenblick bricht gleichzeitig die tiefe Sehnsucht des Menschen nach einem endgültigen Glück auf. Indem wir die Zeit im Augenblick als etwas Vergängliches erleben, erfahren wir so gleichzeitig den in uns angelegten Maßstab des Nichtvergänglichen, und so kommt im Rückblick des Abschieds immer auch etwas von der Endgültigkeit des Ewigen in den Blick.

Vom Geist der Zeit

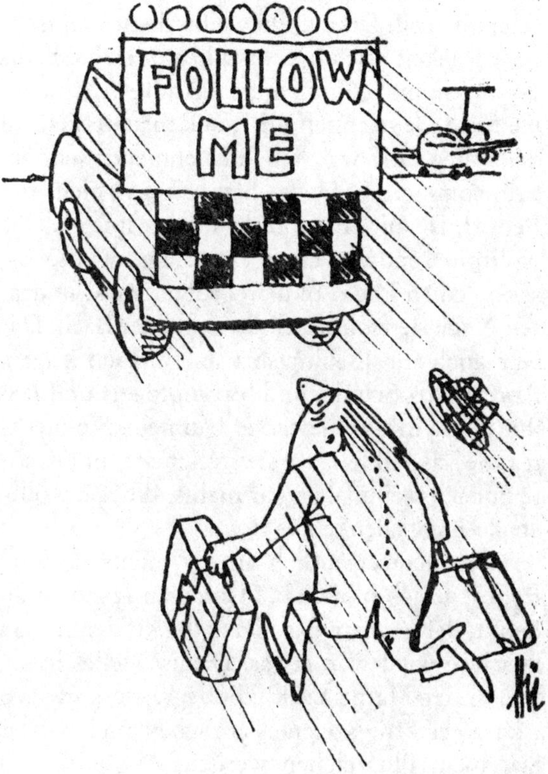

Andrea und die Zeit

„Bleib aber nicht zu lange", rief die Mutter Andrea zu. Denk daran, morgen hast du wahrscheinlich ein Diktat. Du weißt, deine Deutschnote wackelt noch und du willst doch bald aufs Gymnasium." „Gut", meinte Andrea, „ich nehme mein Deutschheft mit", und machte sich auf den Weg. Es war ein ausnehmend schöner Frühsommertag. Heute hatte sie gar nicht das Bedürfnis mit Freundinnen zu spielen. Sie wollte irgendwie allein sein. Da wußte sie schon einen Platz. In dem großen Park, in dessen Nähe sie wohnte, floß ein kleiner Bach. Das war auch ihr Lieblingsort an warmen Tagen. Andrea zog Schuhe und Strümpfe aus und ließ ihre Füße in das Gewässer baumeln. Sie merkte, wie das kühle Nass sie streichelte und dachte zunächst einmal an gar nichts, d.h. sie wollte an gar nichts denken.

Kann man eigentlich an gar nichts denken, fragte sie sich plötzlich. Denn wenn man daran denkt, daß man an gar nichts denkt, denkt man ja schon wieder an etwas. Das ist vielleicht so, wie in der Mathematik, überlegte sie kurz, wo sich zwei Minuszeichen aufheben und wieder zu einem Pluszeichen werden. Als es sie ein wenig an den Zehen fror, zog sie ihre Beine aus dem Naß und legte sich auf den Bauch. Sie empfand es als wohlig, daß ihre kalten Füße unter den Sonnenstrahlen wieder wärmer wurden. Wenn es mir wieder zu warm wird, überlegte sie, strecke ich sie einfach ins Wassser. Eigentlich ist es schön, dachte sie, daß es Kaltes und Warmes gibt. Wenn man im Kalten sitzt, freut man sich aufs Warme. Wird es zu warm, geht man ein wenig hinaus in die frische Luft und freut sich wieder auf die warme Stube. Es ist bestimmt wichtig, überlegte sie, daß man sich immer wieder auf etwas freuen kann. Andrea setzte sich auf und blätterte ein wenig in ihrem Deutschheft. Sie nahmen gerade die Zeitwörter durch: ich bin, ich war, ich werde sein. Andrea begann nachzudenken. Eigentlich ist es ja unsinnig zu sagen, ich war, denn ich bin doch. Wenn ich war, bin ich dann eigentlich auch noch? Eigentlich schon, denn ich war einmal ein kleines Kind, ich war gestern in der Schule. Aber auch wenn ich etwas war, bin ich es doch noch. Andrea erinnerte sich an die Bilder, die ihr ihre Mutter oft aus dem Familienalbum gezeigt hatte, als sie noch ganz klein war. „Schau' her, das warst du", hatte sie gesagt, „kurz nach deiner Geburt. Das warst du an deinem ersten Geburtstag." An einige frühe Bilder konnte sich Andrea dann auch noch erinnern. Irgend etwas blitzte aus der Vergangenheit bei ihr auf. Manchmal hatte sie sogar den Eindruck, daß sie jetzt im Augenblick etwas von damals sah, hörte, roch oder schmeckte, z.B. die Stimme der Tante, die auf dem Bild noch mit ihr abgebildet war, die inzwischen leider verstorben ist. Sie hatte immer ein wenig nach den Kräutern gerochen, die sie in ihrem Garten pflanzte und Andrea schmeckte auch die gute Gemüsesuppe noch, die sie immer bei ihrer Tante bekommen hatte. Sie merkte, wie ihr das Wasser im Mund zusammenlief. An manches konnte sie sich aber auch nicht mehr erinnern, was ihr die Mutter erzählt hatte, wenn sie die Bilder anschauten. Es ist dann wohl durch das Gedächtnis gerutscht, wie durch ein Sieb. Was das wohl ist, das im Gedächtnis haften bleibt, fragte sie sich plötzlich. Sicher etwas, das Eindruck gemacht hat.

Es ist schon etwas Merkwürdiges mit diesem „war“ und „ist“, dachte sie weiter. Das eine oder andere behält man im Gedächtnis, dann ist dieses „war“ doch irgendwie noch da. Das andere hinterläßt gar keinen Eindruck, oder man vergißt nach einiger Zeit, dann ist das „war“ plötzlich weg. Etwas ist einfach vorbei. Das „Vorbei“ ist doch eigentlich auch.

Was heißt eigentlich „ich bin“, dachte sich Andrea. Das steht ja wohl nun fest, das heißt, so fest steht es eigentlich auch wieder nicht. Denn gerade habe ich ja noch über diesen Satz nachgedacht und jetzt denke ich schon wieder darüber nach, daß ich darüber nachgedacht habe. Vielleicht heißt das Wort auch „darüber nachdenken", dachte Andrea. Ist vielleicht alles Denken ein Nachdenken. Sicher nicht, denn ich kann ja auch vorausdenken. Die Mutter hat doch gerade vorausgedacht, wenn sie sagte: „Denk an die Schule!" Überhaupt muß ich immer viel zu sehr vorausdenken. Seit sie sich zurückerinnern konnte, hatten die Leute schon immer gefragt, ob ich das schon könne. Sie dachte an die Frau Breitenbrunner, die immer gefragt hatte: „Geht die Andrea jetzt schon in die Schule?" „Kann sie schon lesen?" „Kann sie schon rechnen?" „Kann sie schon schreiben?" Und sie dachte auch daran, daß ihre Mutter, wenn sie sie ermahnen wollte, immer sagte: „Denk dran, Andrea, du wirst jetzt schon 10 Jahre." „Denk dran, du willst einmal ins Gymnasium gehen!" Komisch, überlegte sie, daß viele Erwachsene immer diese Fragen stellen: Kann sie schon? Hat sie schon? Ist sie schon? Ob es wohl so weitergehen wird: Hat sie schon ihr Abitur? Ist sie schon verheiratet? Hat sie schon Kinder? Gehen die Kinder schon zur Schule? Hat sie schon Enkel usw? Wenn sie einmal sehr alt geworden ist, wird man vielleicht höchstens noch fragen: „Ja, lebt denn die auch noch?" Auch mit der Zukunft ist es etwas Eigenes, überlegte Andrea. Eigentlich wird sie doch erst. Und doch ist sie schon da, indem man ständig von ihr redet. Das ist dann so ähnlich wie mit der Vergangenheit. Wenn ich nicht schon gewesen wäre, wäre ich jetzt auch nicht und vielleicht wäre ich auch gar nicht mehr, wenn ich nicht sein würde.

Aber jetzt, dachte sie, will ich nicht werden und nicht gewesen sein, sondern einfach da sein. Sie legte das Heft weg und drehte sich auf den Rücken und freute sich, daß die Sonne so warm herunterschien. Eine Wolke schob sich langsam vor die Sonne und Andrea ließ ihren Gedanken wieder freien Lauf. Wo die Wolke wohl herkommt? Sie erinnerte sich ein wenig an das, was sie über den Wasserkreislauf, die Wasserverdunstungen gehört hatten. Aber so ganz klar war ihr das heute auch nicht mehr. Dabei hatte sie in der Heimat- und Sachkundeprobe einen Einser bekommen, weil sie ihre Kreuze immer an die richtige Stelle gemacht hatte. Jetzt erinnerte sie sich: Der Siedepunkt des Wassers liegt bei: Null-Grad, Zehn-Grad, Hundert-Grad, hatte die Frage gelautet. Auch den Gefrierpunkt hatte sie richtig angekreuzt und sie wußte auch, daß man Wasser mit zwei S schreibt und sogar, daß man eine Formel dafür hat, die H_2O heißt. Ob ich aber ganz genau weiß, was das Wasser ist, fragte sie sich. Andrea drehte sich wieder um. Und weil es ihr inzwischen wieder zu warm geworden war, streckte sie ihre Beine wieder in den Bach. Er fließt, er floß, er wird fließen, konjugierte sie halblaut vor sich hin. Alles mit scharfem S geschrieben.

Dem Bach geht es wie mir, überlegte sie. Er ist Vergangenheit, Gegenwart und Zukunft, hauptsächlich aber Gegenwart, denn er ist doch der Bach, mein Bach, in den ich jetzt meine Füße hänge. Wenn ich morgen bei einem schönen Tag wieder zu ihm komme, ist er derselbe, obwohl er eigentlich ein ganz anderes Wasser in sich hat. Und bei mir ist es ähnlich, dachte sie, ich bin ja heute zumindest schon wieder einen Tag älter geworden. Vielleicht habe ich mich sogar ein wenig verändert. Ich bin ein paar Gramm dünner oder dicker geworden oder habe einen Pickel bekommen. Oder der Insektenstich juckt mich morgen nicht mehr so. Andrea schaute dem Wasser nach, sie wußte, daß der Bach einige Kilometer weiter in einen Fluß mündet und daß dieser Fluß irgendwann einmal zu einem breiten Strom werden würde, um dann ins Meer zu münden. Ist er dann eigentlich noch mein Bach? Wieder fielen ihr die Erwachsenen ein, die immer nur von später reden. Ob wir Kinder eigentlich für sie wirklich jetzt *da* sind. Sie zeigen uns immer Bilder, wie wir früher ausgesehen haben und freuen sich darüber, oder sie reden von später. Aber wenn wir „jetzt" sagen, dann schauen sie uns manchmal ganz entsetzt an und zeigen nur auf die Uhr. Das Komische ist nur, überlegte sie sich wieder, daß ich immer wieder gehört habe, wenn sich die Erwachsenen unterhalten, daß sie von früher reden, wie es damals war, als sie noch Kinder und Jugendliche und in der Schule waren und was sie da für lustige Dinge erlebt hatten. Vielleicht ist das „Ist“ für die meisten nur interessant, wenn es „War“ heißt, dachte sich Andrea, oder nur im Hinblick darauf, daß es wird.

Andrea hob ein kleines Holzstückchen, das neben ihr lag, auf und warf es in den Bach. Sie schaute ihm nach, wie es auf den kleinen Wellen weiter schaukelte. „Einen schönen Gruß ans Meer“, rief sie ihm nach, als es schon aus ihren Augen verschwand. Ob das Stücklein jemals dort landen würde? Wohl kaum. Wahrscheinlich wird es schon an der nächsten Biegung hängen bleiben. Ob man überhaupt weiß, was die Zukunft bringt? Andrea dachte über diesen Satz nach. Das hört sich ja fast so an, als ob wir stehenbleiben, und die Zukunft kommt auf uns zu und bringt uns etwas in die Gegenwart herein. Eigentlich ist es aber doch anders. Wir bewegen uns von der Gegenwart in die Zukunft. Ob man die Zeit mit dem Bach vergleichen kann, der ja auch von irgendwoher ins irgendwohin fließt? Sie überlegte, daß man zwar wisse, wo der Bach herkomme, aus einer Quelle, und daß diese Quelle irgendwo aus einem Felsen entspringe. Aber wissen wir, wo die Zeit herkommt? Wir wissen, wie gesagt, wohin der Bach mündet. Aber wissen wir auch, wohin die Zeit mündet? Deren Anfang und Ende ist sicher noch geheimnisvoller als das des Baches. Und wahrscheinlich, überlegte Andrea, noch unaufhaltsamer. Man könnte ja den Bach beispielsweise in einem großen Stausee einfangen, aber die Zeit läßt sich nicht fangen.

Andrea holte plötzlich mit ihrer hohlen Hand ein wenig Wasser aus dem Bach. Nein, trinken würde sie es nicht, obwohl sie gerade ein wenig Durst verspürte. Sie wußte ja, daß das Wasser seit längerer Zeit nicht mehr sauber war. Aber sie beobachtete es, wie es langsam durch ihre Finger sickerte. Ein klein wenig, überlegte sie, kann man das auch mit der Zeit machen: „Zeit schöpfen" – diesen Ausdruck hatte sie schon einmal gehört. Da sah sie auf die Uhr. Mein Gott, es war ja schon spät geworden. Die Mutter wartete sicher schon mit dem Abendessen auf sie. „Wo warst du denn so lange?" fragte sie sie. „Hast du auch an morgen gedacht?" Andrea nickte. „Ich habe mich mit den Zeitwörtern beschäftigt", sagte sie: „Ich war, ich bin, ich werde sein, er fließt, er floß, er wird fließen." „Gut", sagte die Mutter, „dann hast du die Zeit wenigstens genützt." „Ich glaube schon", antwortete Andrea. „Ich habe sogar Zeit geschöpft."

Dasselbe ists, das uns dort stört
bei dem, der langsam vor uns fährt,
wie das, das freut bei jenem, der
gelassen hinter uns fährt her:
Es gilt verschieden unsre Huld
der gleichen Eigenschaft: Geduld.

*

Sehr schwer ist die Prognose meist
dann, wenn sie in die Zukunft weist.

*

Wir wandern ins Morgen
und machen uns Sorgen,
die Zeit recht zu planen,
verteiln sie in Bahnen.
Wir wollen sie messen
in Zeitpunkte pressen.
Doch sollte im Eilen
die Einsicht bisweilen
in allem uns leiten:
Wir sind in den Zeiten
nicht Herren, nur Wandrer.
Die Zeit macht ein andrer.

Nochmal lieg ich im September
in dem rauhen Stoppelfeld,
lasse meinen Drachen steigen,
fliege über meine Welt.

Bunt hängt er im Spiel der Winde,
über aller Zeiten Lauf.
Meine bunten Kinderträume
schick ich ihm als Brief hinauf.

Ganz weit oben, in den Lüften,
haben die Gedanken Raum,
schweben selbst wie bunte Drachen
zwischen Wirklichkeit und Traum.

In dem sanften Spiel der Winde
laß ich mich ins Träumen wehn.
Und die Zeit beginnt im Schweben
eine Zeitlang still zu stehn.

Wir schwimmen in dem Meer der Zeit
und suchen nach dem Sinn.
Wohl keiner weiß genau Bescheid.
Wo führt die Reise hin?

Die Möwe kreischt. Kennt sie den Lauf
im weiten Wellenspiel?
Sieht schwebend übern Ab und Auf
sie unser großes Ziel?

Ein Fels ragt plötzlich aus dem Meer
gleich eines Schiffes Mast.
Ist er der Grund von Anfang her?
Gibt er im Fließen Rast?

So kann's gehen

Leg dich ins Gras

Schau nur, alles reift
alles wächst, alles wird,
die Sonne läßt reifen
die Erde gebiert.

Schau hin auf das Gras,
die Blumen am Feld
und halte dich nicht
für den Nabel der Welt.
Glaub nicht, daß nur du
nur du ganz allein
alles machen mußt.
Laß dich ruhig einmal ein
aufs Seinlassen nur,
laß dich ruhig einmal los,
schalt ab und geh auf
in Ausschwingen bloß.

Laß dir Zeit, warte ab,
laß ab von der Hast,
wer nur rennt, wer nur hetzt
hat das Schönste verpaßt.

Leg dich einfach ins Gras
und träum vor dich hin
und freu dich am Heute
am Leben, am Sinn.

Langeweile

Eigentlich kenne ich das Wort Langweile gar nicht, d. h. ich kenne es natürlich schon, aber ich kann mir gar nicht vorstellen, was das eigentlich ist. In der letzten Zeit höre ich es aber immer wieder, wenn Kinder vor vollen Spielzeugregalen in ihrem Kinderzimmer fragen: „Was sollen wir denn tun, mir ist so langweilig." Langeweile, das heißt also wohl, nicht zu wissen, was man tun soll. Da gibt es den Ausdruck: „Die Zeit totschlagen." Ist das aber etwas Schreckliches. Wenn die Zeit die Art Gottes ist, „uns Kredit zu geben" (Ralf Boller), ist es ja geradezu eine Bankrotterklärung, wenn wir mit diesem Kredit nichts mehr anfangen können. Erich Kästner hat es einmal so ausgedrückt: „Denk an das fünfte Gebot, schlag die Zeit nicht tot." Eigentlich gehört es eher zum Wesen der Zeit zuzuschlagen, gemäß dem Spruch, daß uns allen einmal die Stunde „schlägt." Ist es nicht traurig, wenn wir die Zeit nicht mehr anders verbringen können, als sie umzubringen?

Ich bin überzeugt, daß niemand, der gelernt hat zu spielen, Langeweile empfinden wird. Aber es ist sicher ein Problem, daß wir den Kindern die Freude am Spielen austreiben, indem wir ihnen viel zuviel perfektes Spielzeug kaufen, mit dem sie nicht mehr spielen können, weil sich das Spielzeug selbst spielt. Oder weil wir als Spiel für Kinder allenfalls noch Lernspiele gelten lassen, bei denen dann ein von Erwachsenen einprogrammiertes Ergebnis herauskommen muß. So hat mancher zwar vor der Schule das Alphabet gelernt, um es dann, wie halt jeder Lehrplan vorsieht, noch einmal lernen zu müssen, und sich dabei zu langweilen. Dabei hat er aber vielleicht verlernt zu spielen und auf die lustigste Reiseführerin, die es auf unserem Lebensweg gibt, hinzuhören, die Phantasie.

Leben und Langeweile sind wohl unvereinbare Gegensätze. Wer gelernt hat, das Leben zu erleben, kann eigentlich alles lebendig machen, auch scheinbar tote Gegenstände. Es gibt Menschen, die können aus und mit den unscheinbarsten Dingen eine Geschichte erzählen, vielleicht, weil sie in ihrer Kindheit noch Zeit hatten zu riechen, schmecken, schauen, hinzuhorchen und das Geheimnis zu ahnen, das hinter allem steht. Man hat den Eindruck, sie brauchen nur ihre Ohren zu spitzen, dann erzählen die Dinge dieser Welt ihnen selber diese Geschichte. Sind wir nicht arm geworden, wenn wir mit unserer Zeit nicht mehr anfangen können, als sie zu programmieren? Wir brauchen das Fernsehprogramm, unsere Kinder haben bereits ein Freizeitprogramm, im Urlaub kommen wir kaum mehr ohne Animateure aus, die uns sagen müssen, wie wir unsere Zeit zu verbringen haben. Und anstatt uns in das bunte Programm des Lebens einzuschalten, drücken wir oft nur den Knopf für das Leben aus zweiter Hand. Und es fällt uns auch nicht mehr weiter auf, daß uns nichts anderes mehr einfällt, als daß wir uns in den Fernsehsessel fallen lassen.

Deshalb habe ich folgendes Kindergedicht geschrieben:

Lassie oder Flipper, Fury
und die Zeichentrickfiguren
sind nur Filme, Bilder, drum
schau dich auch im Leben um.

Schöner ist's bei echten Tieren:
einen Hund spazierenführen,
eine Katze streicheln, pflegen,
und Lebendiges umhegen.

Geh – statt Biene Maja – lieber
in die nächste Wiese rüber,
wo die echte Biene summt,
und die dicke Hummel brummt.

Wo die Käfer kriechen, fliegen,
Schmetterlinge bunt sich wiegen.
Laß die Bildschirmfilmfigur,
und erleb mal die Natur!

Und was du erlebt im Leben,
sollst du andern weitergeben,
hol' die Freunde aus dem Haus,
wenn sie fernsehn, mal heraus.

So kannst du bei andern Kindern
vielleicht die Gefahr verhindern,
daß vor lauter Fernsehn man
kurzsichtig auch werden kann.

*

Als kleinen Trost halt stets parat:
Nur wer das Zeug zu etwas hat,
bei dem ist's möglich erst, daß man
am Zeuge ihm was flicken kann.

Von all den vielen, vielen, vielen
uns angebotnen Urlaubszielen
sei das als Lohnendstes empfohlen
das Ziel der Ziele: Sich erholen!

*

Wie wärs, wenn wir bei allem Hasten
im Leben zwischendurch mal rasten
und manchmal Wichtigeres sehen
als nur Geschwindigkeit erhöhen.

*

Die Schneck', die langsam sich bewegt,
jedoch ein Ziel vor Augen trägt
im letzten schneller ist um viel
als der, der hastet ohne Ziel.

Wir sehn die Welt und haben doch
verlernt, sie zu betrachten.
Wir hören, aber horchen nicht,
weil vieles wir nicht achten.

Wir haben uns schon lang gewöhnt
ans tägliche Geschehen.
Wir sind erwachsen, das genügt,
Staunen zu übergehen.

Wir glauben nicht an Glauben noch
und meinen zu verstehn.
Da bleibt kein Platz fürs Wundern mehr.
Wir sehn und übersehn.

*

Wer lernt Sekunden zu genießen
und ihren Sinn im Sein zu sehen,
der wird gewiß auch im Verfließen
der Zeit das Ewige drin sehn.

Gelassenheit

Nichts auf der Welt scheint auf den ersten Blick leichter zu sein, als nichts zu tun. Gilt das bei uns aber nicht gerade als unfein, nichts zu tun bzw. sich Zeit zu lassen. Apropos Zeit ist Geld, Geschäftigkeit ist geradezu eine Prestigesache geworden. Selbst wenn man nichts zu tun hat, muß man geradezu den Anschein erwekken als würde man das in Eile tun. Im bayerischen gibt es den schönen Ausdruck des „Geschaftlhubers“. Interessanterweise nennt Kurt Tackmann die Geschäftigkeit eine „versteckte Form der Langeweile“ und Robert Louis Stevenson bezeichnet diese übertriebene Geschäftigkeit als einen „Mangel an Vitalität“. Vielleicht hat das Schlagwort der Selbstverwirklichung ein wenig dazu beigetragen, daß man ein gesundes Verhältnis zur Zeit und zum Zeithaben verloren hat. Man muß sich ja ständig selbst verwirklichen, ist geradezu gezwungen, sich zu befreien. Dabei wäre doch eine so sinnvolle Form der Befreiung auch die, daß man sich von zeitlichen Zwängen frei macht. D.h. aber, daß man die Zeit nicht ständig in den Griff zu bekommen versucht, der Zeit unsere Planung aufzuzwingen und sie in Stunden, ja Minuten-Pläne zerstückelt.

Gelassenheit ist, sich Zeit zu lassen, aber auch Zeit Zeit sein zu lassen. Ich glaube, daß es gerade in unserer Zeit notwendig ist, sich zumindestens hin und wieder von diesem Machbarkeitseuphorismus zu befreien und einzusehen, daß nicht alles machbar, herstellbar, planbar, organisierbar ist. Die erste Voraussetzung zur Gelassenheit ist die, daß man erkennt, wie lächerlich es ist, sich als Nabel der Welt zu fühlen. Wer sich wirklich wichtig nimmt, sollte darüber nachdenken, daß man sich nicht zu wichtig nehmen sollte. Gelassenheit ist nicht einfach nur, sich Zeit zu nehmen, sondern die Zeit und uns selber sein zu lassen. Damit ist aber nicht so sehr eine gleichgültige Lethargie gemeint, sondern ein sich Hineinbegeben in die Lebensmelodie. Gleichgültigkeit, die Ambrose Bierce sarkastisch als „stark genug sein, das anderen Menschen aufgebürdete Los ertragen zu können" bezeichnet, ist etwas anderes als Gleichmütigkeit, die Immanuel Kant als das „Selbstgefühl einer gesunden Seele" benennt.

Gelassenheit kann bedeuten, inne zu halten von der Jagd nach dem großen fernen Ziel. Zufriedenheit – auch einmal das schon erreichte als Ziel anzuerkennen. Nach Otto Kornexl ist die Lebenskunst „zu 70 % Verzicht auf Hast, zu 20 % Verzicht auf Dinge, die man nicht unbedingt haben muß und zu 10 % Genuß an offenkundig Überflüssigem." Und dieses offenkundig Überflüssige könnte sein, das Fließen der Zeit zu genießen, abzugehen von der

Zwangsvorstellung, daß man überall Einfluß nehmen muß und zum Bewußtsein zu kommen, sich selber von dem Sein durchfließen zu lassen. Vielleicht zeigt sich Selbstbewußtsein gerade in diesem Aufgeben, ständig nur angeben zu wollen, wie etwas sein muß. In dieser Weise ist dann die Muse tatsächlich „die Kunst, wirklich nichts zu tun, wenn man nichts zu tun hat“ (Anton Schnack) und die Gelassenheit ist eine „anmutige Form des Selbstbewußtseins“ (Marie v. Ebner-Eschenbach).

Die Mitte

Im Blick auf den Kalender bemerken wir: Schon hat das Jahr wieder die Hälfte seiner Wegstrecke zurückgelegt. Man gönnt sich eine kleine Pause und denkt, wenn auch vielleicht weniger intensiv als am Ende desselben, kurz nach. Die Mitte einer Sache ist immer ein besonderer Punkt der Betrachtung. Mitte, das kann sein, daß etwas auf voller Höhe ist. Am Mittag steht die Sonne auf ihrem Höhepunkt, in der Mitte des Lebens befindet man sich in der Regel voll auf der Höhe, und dennoch kann dieses Erleben der Mitte vielleicht eine leise Melancholie aufkommen lassen, daß es von nun an schon leicht bergab geht. Nach dem Sonnwendtag werden eben die Tage kürzer und die Nächte länger. Freilich kann es auch umgekehrt sein. Man hat den Mittelpunkt einer schweren Wegstrecke überschritten, und jetzt beginnt der angenehmere Teil. Es wäre falsch, die Mitte des Lebens als die besten Jahre zu bezeichnen. Denn selbstverständlich hat jedes Alter – Kindheit, Jugend, aber auch die späten Jahre – seinen besonderen Eigenwert, und oft liegt es auch an uns, welche Zeit wir zum Höhepunkt werden lassen.

Die Mitte ist aber auch ein gewisser Ruhepunkt, von dem aus man seine Betrachtung anstellt. Von ihr aus läßt sich vielleicht besser abwägen, lassen sich sorgfältigere Entscheidungen treffen als von extremen Situationen her. Mitte kann sein der Kern einer Sache, das Innerste, das Wesentliche und in seiner vielfachen Bedeutung das Herz. Darin vereint sich in der christlich-abendländischen Denktradition unser Denken, Fühlen und Wollen. Der Mensch, dem diese Mitte fehlt, läuft Gefahr, sich irgendwie zu verlieren.

Mitte kann ein ordnender Bezugspunkt für unser Denken sein. Hans Sedlmayr beklagte einst in unserem Zeitalter jenen „Verlust der Mitte", durch den wir verlernt haben, das Wesentliche zu sehen und uns ins Nebensächliche und Extreme verirren. Von jeher galt die Mitte als etwas „Goldenes". Freilich wissen wir, daß es diesen „goldenen Mittelweg" nie gibt und daß derjenige, der nur immer den Mittelweg sucht, leicht in die Mittelmäßigkeit geraten kann. „Die Mittelmäßigkeit", meint Moritz Heimann, „wägt immer richtig, nur ihre Maße sind falsch."

Die Mitte hat auch ihren negativen Beigeschmack da, wo man sich selbst zum Mittelpunkt macht, sich selbst als Nabel der Welt betrachtet, um den sich alles dreht. Da ist es dann sogar recht gut, wenn wir uns bisweilen ein wenig von einem anderen Blickpunkt her sehen, versuchen, uns einmal von außen her in den Blick zu nehmen, über uns selber zu stehen und damit wieder zu einer vernünftigen „Mitte“ zurückzufinden. Diese Mitte findet nicht selten ihren Ausdruck in einer Gelassenheit, in der man etwas sein läßt und nicht meint, immer in alles verändernd eingreifen zu müssen. Mitte kann schließlich auch noch gleichbedeutend sein mit einem tieferen und letzten Sinn, auf den unser Denken ausgerichtet ist und von dem unser Leben seine Kraft bezieht. Diese Sinnmitte zu finden ist eine lebenslange Aufgabe, und eine dieser Sinnantworten kann auch die sein, daß wir uns immer gerade inmitten der Zeit im Mittelpunkt zwischen Vergangenheit und Zukunft befinden, die Gegenwart jetzt leben können und dürfen, daß der gegenwärtige Augenblick (der griechische Kairos) eine einmalige Gelegenheit ist, die es immer wieder neu zu ergreifen gilt, gerade jetzt, da sich das Jahr in der Mitte auf dem Höhepunkt seines Kreislaufes befindet.

Gut ist's gewiß an manchen Tagen
uns nach des Lebens Sinn zu fragen.
Doch sollt' das Leben unterdessen
nicht zu erleben man vergessen.

Wer lernt, Sekunden zu genießen
und ihren Sinn im Sein zu sehen,
der wird gewiß auch im Verfließen
der Zeit das Ewige drin sehn.

*

Hast du grad Zeit, benütz dies Nun,
zur Frage: Wo gibts nichts zu tun?

*

Jeder Morgen ist dein Tag,
jeder Tag ist unser Leben.
Was der Tag auch bringen mag
du kannst ihn voll Leben geben.

Wir waren Kinder, hatten Zeit,
vernahmen noch ein Raunen,
ein Murmeln, Wispern, horchten noch
und konnten auch noch staunen.

Wir sahen Wunder in der Welt,
die Welt selbst war ein Wunder.
Doch heute wissen wir genau,
ein Erdball ist's, ein runder.

Uns wunderts nicht mehr, daß er grün
und trotzdem voller Leben.
Wir haben uns daran gewöhnt.
Naja. So ist es eben.

Wir waren Kinder, hatten Zeit
und suchten noch behendig.
Wir waren Augen selbst und Ohr.
Wir waren noch lebendig.

Alles hat seine Zeit

»Ein jegliches hat seine Zeit: Geborenwerden hat seine Zeit, Sterben hat seine Zeit, Weinen hat seine Zeit, Lachen hat seine Zeit, Klagen hat seine Zeit, Tanzen hat seine Zeit, Schweigen hat seine Zeit, Reden hat seine Zeit.« So steht es im Prediger Salomon.

Im Laufe der Zeit hat sich mit der Zeit auch viel geändert. Seit der Mensch immer mehr dem Sprichwort gemäß lebt, daß Zeit Geld ist und Geld das »Brecheisen der Macht« (Nietzsche), versucht er die Zeit immer mehr in seinen Griff zu bekommen. Er versucht nicht nur, sich die Erde Untertan zu machen, sondern auch die Erdzeit. Der Mensch hat gelernt, Zeit immer genauer zu messen. Sie ist auf den ersten Blick zu einer total berechenbaren Größe geworden. Wir meinen, sie mit Uhren, Computern oder unserem Terminkalender zu erfassen und doch, wenn wir ehrlich sind, hat die Zeit immer mehr Oberhand über uns gewonnen, weil sie inzwischen nicht mehr als Zeit, sondern als Hektik erscheint. »Mit der Zeit kam die Uhr«, meint Werner Mitsch, »und mit der Uhr die Hektik.« Mit dieser Hektik haben wir aber etwas ganz wichtiges verloren, nämlich einen gesunden Lebensrhythmus, den Wechsel der Zeit zu erfahren, anzunehmen, selber immer wieder in diesem Rhythmus aufzugehen und die jeweilige Zeit als gegenwärtiges Geschenk anzusehen. In seiner Hetze holt der Mensch ständig die Zukunft in die Gegenwart herein und verlernt damit, den Augenblick zu genießen. Wer nie Zeit hat, kommt lediglich, um sofort wieder zu gehen. Ich zitiere noch einmal Werner Mitsch: »Sie fahren zum Jodeln in die Berge und haben nicht einmal genügend Zeit, ihr Echo abzuwarten.« Wer den Zeitrhythmus zu sehr bestimmen will, zerstört den Lebensrhythmus, den natürlichen Wechsel der Zeit, der Tageszeit: Morgen, Mittag, Abend, Nacht, der Woche: Werktag, Feiertag und der Jahreszeiten: Frühling, Sommer, Herbst, Winter.

Leben heißt bekanntlich atmen. Atmen aber bedeutet ein- und ausatmen. Es wird gefährlich, wenn wir keine Zeit mehr haben, um Atem zu holen, wenn wir aus dem Atem kommen, wenn wir immer atemloser werden, nie mehr Zeit haben, den Atem der Zeit zu spüren. »Im Atemholen sind zweierlei Gnaden: die Luft einziehen, sich ihrer entladen«, sagte Goethe. Heute ist soviel vom bewußten Leben die Rede, viele Lebenshilfen arbeiten sogar mit einer Konzentration auf den Atem. Atemtraining bedeutet dann, daß wir wieder richtig lernen zu atmen und im Atem zu leben, daß wir uns immer wieder ganz bewußt über unsere Atemzüge freuen, atmen als Geschenk betrachten. »Solange ich atme, hoffe ich«, heißt ein altes lateinisches Sprichwort und nach Leroux ist das Leben ein »Einatmen der Zukunft«. Einatmen, das bedeutet, daß wir irgendwie die Zukunft schon in uns hereinholen, aber nicht sie mit Gewalt in die Gegenwart pressen wollen. Man muß auch einmal etwas auf sich zukommen lassen, wie ja das Wort Zukunft eigentlich besagt. Wer die Zeit zu sehr verfügbar macht, sie immer mehr berechnet, verliert die Freude an der Zeit, auch an seiner Zeit. »Die Zeit ist«, nach Ralph Boller »Gottes Art, Kredit zu geben.« Wir wollten aus diesem Kredit nicht wieder gleich ein Kreditinstitut machen. Je mehr wir glauben, die Zeit in den Griff zu bekommen, desto mehr setzt ihr Würgegriff bei uns an. Auch wenn wir die Zeit bis in ein Billionstel messen können, gelingt es uns nämlich nie und nimmer, sie an- oder abzuschalten. Wir aber können – zumindestens gelegentlich – abschalten, uns ausschalten aus der Hetze, uns und der Zeit wieder etwas mehr Zeit lassen, aufpassen, daß wir nicht zu sehr außer Atem kommen und am Ende unseres Lebenslaufes nur eines erreicht haben, daß wir das Leben überholt haben, indem wir ihm davongelaufen sind.

Die Ziele des Weges
abwägend
gelang ich zu dem Ziel,
daß Umwege
oft die eigentlichen Ziele sind,
das Anstreben aber des zu großen Ziels,
ein Holzweg ist.

*

Bekanntlich schärft es deinen Blick,
schaust auf Vergangenheit du zurück.
Sehr nützlich es auch werden kann,
siehst du sie als ein Sprungbrett an.
Doch solltest du bei ihr drauf achten,
sie nicht als Liegstatt zu betrachten.

Jedes Kalenderblatt kann dir
aufs neue sein ein Wertpapier,
von dem, wenn in die Hand du's nimmst,
den Kurs tagtäglich du bestimmst.

*

Wie eine Vase ist die Zeit.
Ein jeder hat die Möglichkeit,
daß er sie füllt mit Disteln aus
oder mit einem Blumenstrauß.

*

Zwar sollte man vor lauter Träumen
sein ganzes Leben nicht versäumen.
Doch ist's auch schön, wenn wir daneben
auch hin und wieder Träume leben.

Die Wiese

In dem Gedicht „Ein Baum läßt grüßen“, beschreibt Erich Kästner wie ihm bei einer Reise von Stadt zu Stadt beim Blick aus dem Zugfenster plötzlich etwas auffällt:

Da sieht man draußen plötzlich eine Eiche!
Es kann auch Ahorn sein. Das ist das Gleiche.
Denn eins steht fest: Es ist ein Baum!
Und da entsinnt man sich. Und ist entsetzt:
Seit zwanzig Jahren sah man keine Felder!
Das heißt, man sah sie wohl. Doch nicht wie
jetzt!

Wann sah man denn ein Blumenbeet zuletzt?
Und wann zum letzten Male Birkenwälder?
Man hat vergessen, daß es Gärten gibt.
Und kleine Vögel drin, die abends flöten.
Und blaue Veilchen, die die Mutter liebt...

Wenn man Zeit hat, sollte man sich in diesem Sinne öfter einmal auf die Reise machen. Diese Reise braucht gar nicht viele Kilometer in Anspruch nehmen, ja nicht einmal viele Meter, man kann sie vom Fenster seiner Wohnung aus machen oder vom Liegestuhl aus oder so wie ich jetzt gerade direkt in einer Wiese liegend. Über mir ist ein blauer Himmel. Hin und wieder schiebt sich eine kleine Wolke vor die Sonne. Und dann freue ich mich, wenn sie wieder verschwindet. Mich stört auch nicht, daß das eine oder andre Steinchen ein wenig drückt oder vielleicht ein Käfer an mir hochklettert. Ich freue mich vielmehr, daß ich ein Teil dieses kleinen grünen Fleckchens Erde geworden bin. Ich fühle, rieche und schmecke das Leben, das sich um mich herum, unter mir abspielt. Das alles geschieht gerade auf den paar Quadratzentimetern, auf denen ich liege. Es spielt sich alles in diesem bißchen Erdreich ab, in diesem Geflecht des Lebens von Pflanze und kleinem Tier. Die Wiese war für mich immer etwas Faszinierendes, vielleicht deshalb, weil ich in einem Mietsblock aufgewachsen bin, von dem aus der einzige Blick ins Grüne auf einen Hollerbaum ging. Einige Meter von unserem Haus entfernt aber gab es die kleine Lacherschmiedwiese, auf der ich meine ersten Ballspiele gemacht habe. Manchmal diente sie auch einem Zirkus als Bleibe, und im Winter waren die paar Hügel gut für eine ungefährliche Schlittenfahrt. Als wir dann ausgebombt wurden und in Erding evakuiert waren, gab es schon mehr und größere Wiesen in meiner Nähe. Aber da konnte es beim schönsten Spiel auf diesen herrlichen grünen Flächen passieren, daß die Alarmsirenen losgingen und man sich in den dunklen Keller des Lempelkellers flüchten mußte. Nach dem Krieg zogen wir dann in ein kleines, selbstgezimmertes Häuschen im Garten meiner Großeltern, der weniger Garten als Wiese war und inmitten von riesigen Wiesen lag. Mein Schulweg führte mich stundenlang durch diese herrlichen, unbebauten Grünflächen.

Nach wie vor sind Wiesen ohne alles Gerät die schönsten Spielplätze der Welt. Für unsere Fußballspiele gab es keine Torstangen, selbstverständlich auch keine Tornetze. Als „Torstangen" dienten die ausgezogenen Hemden oder auch Schuhe, wenn man barfuß spielte. Freilich konnte man nie genau feststellen, ob der Ball auch wirklich ganz „drin" war, ob er die in der Höhe nicht sichtbare Latte gestreift hatte oder gar zu hoch war. Aber auch die Diskussionen, die oft länger als ein halbes Spiel währten, gehörten dazu. Als Kompromiß gab's halt dann einen „Elfer". An einigen Tagen konnte es schon einmal passieren, daß man auf seiner Wiese nicht spielen konnte, wenn der Schäfer seine Schafe dort weidete. Wenn er sie dann endlich freigab, gab es natürlich einige Probleme, und man kam noch schmutziger als sonst nach Hause. Aber da wurde der Gang unter die Dusche als sinnvoller angesehen, als von manchen, die heute, weil der „natürliche Dreck" rarer geworden ist, einfach ein Deo übersprühen. Mein Freund, der Pfanzelt Maxe fiel nach einem Schäferbesuch auf der Wiese meistens eine dreiviertel Stunde beim Spielen aus, denn er hatte die Aufgabe, den Schafmist in einen Kübel für den elterlichen Garten zu sammeln.

Mein Gott, war ich traurig, als unsere Wiese verbaut wurde. Es gab zwar zuerst noch genügend Grünflächen, aber dann sind sie doch alle der Reihe nach verschwunden und heute in der Großstadt eine echte Rarität geworden. Auf manchen steht dazu noch das Schild „Betreten des Rasens verboten". Die Wiese ist für mich die verkörperte Lebensfreude, sie gibt dem Augenblick des Träumens Raum und ihr verdanke ich auch eines meiner ersten Gedichte:

I lieg am Bodn, und hör an Wind,
wiara se stroaft im Gras,
Koa Uhr is da, de wo mi zwingt
und sagt mia: Dua jetzt was!

I blinzl in de warme Sonn'
und denk mia bloß: Wia schee!
Schad, daß ma nix derhaltn konn.
Geh weiter, Zeit, bleib steh!

ISBN 3-475-52793-6

Dieses Buch erscheint im Rosenheimer Verlagshaus GmbH & Co. KG, Rosenheim

Titelbild: Ernst Hürlimann

Satzarbeiten: Buch-Werkstatt GmbH, Bad Aibling
Gesamtherstellung: Danubia Print, Slowenien

5 4 3 2 1